小笠原豊樹　訳
町田　康　序文
土曜社

Лилик

Пишу тебе сейчас потому что при Коле я не мог тебе ответить. Я должен тебе написать это сейчас же, чтоб моя радость не помешала бы мне дальше вообще что либо понимать
Твое письмо дает мне надежды на которые я ни в каком случае не смею расчитывать, и расчитывать не хочу, так как всякий расчет построенный на старом твоем отношении ко мне — не верен. Новое же отношение ко мне может создаться только после того как ты теперешнего меня узнаешь.
Мои письмишки к тебе тоже не должны и не могут браться тобой в расчет — т.к. я должен и могу иметь какие бы то ни было решения о нашей жизни (если такая будет) только к 28-му.
Это абсолютно верно — т.к. если б я имел право и возможность решить что нибудь окончательно о жизни сию минуту, если б я мог в твоих глазах ручаться за правильность — ты спросила бы меня сегодня и сегодня же дала б ответ. И уже через минуту я был бы счастливым человеком.
Если у меня уничтожить эта мысль я потеряю всякую силу и всю веру в необходимость перенести весь мой ужас.
Я с мальчишеским, лирическим бешенством ухватился за твое письмо.
Но ты должна знать что ты познакомишься 28 с совершенно новым для тебя человеком. Все что будет между тобою и им начнет слагаться не из прошедших теорий а из поступков с 28 февраля, из „дел" твоих

マヤコフスキー

小笠原豊樹　訳
町田　康　序文

戦争と世界

土曜社刊

Владимир Маяковский

Война и мир

ど阿呆が読むとき／読め、と言うとき

町田 康

昭和五十七年頃、自分は大坂でパンクロッカー、音楽とも言えぬ音楽を演奏しながら飲酒や闘諍《とうじょう》に明け暮れて放埒無慚このうえなかったが、そんなある日、京都三条あたりで仲間と飲酒の挙げ句、終車を逃し、もちろん大坂まで帰る車代などある訳もなく、そこでそこいらにいた大学生の下宿に泊まることに決め、深夜の町をそぞろ歩いて、地方の裕福な家の子なのだろうか、学生の分際で、って感じの部屋で雑魚寝、それで翌朝、前夜、どんなに遅くなっても午前五時には覚醒する性分の自分はいつも通りに目を覚ますと、全員が白河を夜舟で渡る高鼾。いつまで寝とんのんじゃどあほっ、と叩き起こすのは易かれど、叩き起こしたからといってこんなに早くからすることもないパンクロッカーども、ならば寝かしておくに如くはないと、そろっと起きたが、そういう自分もすることがなにもない。そこで、朝日さすリビングルームの一角の、書棚に並んでいる小綺麗な、或いは奇抜な意匠の雑誌なンど手に取って読むのだけれども、大学生の読むような雑誌はどれもおもしろくなく、手に取って開いては打ち捨て打ち捨てするうち、手に取って開いて打ち捨てること、そのこと自体がおもしろくなってきて、また、書棚の雑誌をすべて開いて打ち捨てなければならないような気にもなってきて、ガンガン開いては捨て、開いては捨て、していたのだが、ある雑誌のあるページで手がとまってしまった。

なにをしている。どうせ大学生の読むような雑誌などというのは下らぬものだ。さっさと打ち捨ててしまえ。と、内なる声が自分を叱咤した。けれども私はそのページから目を離せなかった。

記事や見出しに引かれた訳ではなかった。自分はページ中程に掲載された一葉の写真から目が離せなくなったのだった。

黒っぽい背広を着た丸坊主の大僧がこちらを睨んでいた。気配、眼差し、衣服の感じ。完璧であった。写真の男は、自分が、パンクロッカーたるもの、外面と内面をかく衝突させるべし、と確信を抱きつつも描けないでいた像、そのものであったのである。

写真の下にはウラジーミル・マヤコフスキーと書いてあった。

確か、「美術手帖」という雑誌であったように思う。評論などというものを読めば頭が腐って馬鹿になって死ぬ、と当時頑《かたく》なに信じていた自分はその長たらしい記事を読まなかった。そんなことより実践あるのみだ。これからはマヤコフスキーでいったる。そう考えた私は、黒いデニムを穿き、革ジャンパーを着たまま眠り呆けている仲間をまたぎ越して戸口へ向かい、電車に乗って大坂へ戻り、その足で新世界というところに行った。

新世界というところは諸式の廉いところで、自分はまずうどん屋に参り朝食をとったが、きつねうどんが百六十円かそんなものだった。それから自分は散髪屋へ参って、不機嫌な職人に頭を丸坊主にして貰った。これが五百円であった。それから商店街を抜け、ガードをくぐって、道路の角っこにブルーシートを敷き、ジャンパーやらズボンやらセーターやらを山盛りに盛って商う、露天の古手屋に参り、山の中から黒い背広の上下を見つけ出し、キャップを被った兄ちゃんからこれを買った。八百円であった。自分はガード脇の公衆便所で背広に着替え、公衆便所の鏡に我と我が姿を映してみた。鏡は染みだらけで像は不鮮明であり、また、蛍光灯が切れかけてパチパチしているためなにがなんだかわからない、でもだからこそ、俺の表面で外面と内面がスパークしているぜ。世界と自分がバックビートでうねっているぜ、と思うことができた。靴がたまたま編み上げの半長靴であるのもよい効果を上げているように思われた。

自分はケダモノの臭いの充満する公園に行き、噴水の脇に立って格好いい詩を書こうとした。しかし一行も書けなかった。自分はパンクの歌詞を書いたことはあったが詩を書いたことはそれまで一度もなかった。新世界の喫茶店でたまに会って顔を知っている男娼がヘラッと笑って通っていった。

自分はそんなところへ行けば或いは霊感が得られるのかも知れないと思い丘の上の市立美術館に行ってみたが嘔吐を催すばかりで霊感は得られなかった。

それから暫くの間、黒背広に丸坊主で人に会う度に、「ど、どないしたっ」と驚かれた。なかには、「暫く会わなんだが、どこに入っとったんや」と問う者もあった。

自分は、「これはおまえ、マヤコフスキーやんけ」と言ったが、誰もマヤコフスキーを知らなかった。「君たちは、マヤコフスキーも知らないのか。駄目な奴らだな。ええか、マヤコフスキーというのはだなあ……」と説明しかけて絶句した。自分も詳しいことはわからなかった。

　これだから大坂は駄目なのだ。

　そう思った自分は金を工面し、知り合いの女ライターに会いに東京へ参った。彼女ならインテリだし美人だしラジオ番組も持っているし、自分のやりたいことをわかってくれるだろうと思ったからである。

　会うなり自分は、「これからはマヤコフスキーみたいな路線でいったろ思とるんですわ」と告白した。したところ、さすがに売り出しのライターだけあって彼女は、マヤコフスキー？　なんじゃ、そら？　とは言わなかった。言わなかったが、

「だめよー」

と笑って言った。そんなことはありえない。おまえとマヤコフスキーはそもそも無関係である。戯談《じょうだん》にすらならない。議論の余地がまったくない。といったニュアンスの笑いで、彼女は、そんなことは聞かなかったかのように、ごく自然に話題を変えた。

自分は二、三日、遊んで大坂へ帰った。

そんなことがあったものだから、マヤコフスキーの路線でいったろ、などという不遜な考えは一切抱かず、ニンゲンはニンゲン、世間は世間、俺は俺、彼は彼、地球は地球、宇宙は宇宙で、それらの別を超えることのないまともなパンクロッカーとして細々と生き、歯を食いしばって納税の義務も果たしてきたが、今般、『戦争と世界』を読んでしまった。考えてみればあのときもあれからも自分は、大江健三郎の小説に引用された部分を読んだくらいで、マヤコフスキーの詩をまともに読んだことがなかった。

で、どうなったか。文章の表面でいろんなものが美しく対応しながらも、がんがんスパークしていって、剣をふりまわすことの意味もいろいろにぶつかって反響して、とめどなくなれば無になる、となんとなく思っているのとまったく違うところに考えがぶっ飛んでいくのを読んで、へっ、近所に九百円くらいの散髪屋はないものか、と思ってしまっている。で、昔よりはちょっとマシな黒背広を誂《あつら》えてそこいらを歩いて知り人に会ってしまってもいまは大丈夫、ポケットからこの小笠原豊樹訳「マヤコフスキー叢書」をさっと取り出して、「これを読め、どあほっ」と言えば済むわけだからね。済むわけだからね。

戦争と世界

プロローグ

きみらは、いいさ。
死人に恥なし、だからね。
人殺しが死ねば
そいつへの憎しみは消すこと。
飛び去った魂の罪は
この上ない浄化作用の水で清められる。

きみらは、いいさ！
でも、おれは
隊列や砲声をくぐりぬけ、
生きてる者に、どう愛を運ぼう？
つまずきでもしたら、
この最後の愛の一かけらは
煙の淵に永遠に沈んでしまうだろう。

帰還した連中に、
きみらの悲しみが
何だというのだ、
何やら詩の縁飾りみたいなものが
何だというのだ?!
両足の義足で、
日がな一日びっこをひいてる

あの連中に！

怖い、だと？
腰抜け！
殺される、だと？
逆らわずにいる奴隷は
あと五十年は生きられる、だと？
嘘をつけ！
おれは断然、
攻撃のラワ隊形のなかで、
英雄的行為においても、
勇敢さにかけても、
先頭を切るんだ。

おお、一体だれだろう、
破滅の時を告げる警鐘に呼び出されても、

りりしく出て行こうとしないのは？
だれでもそうだと？
だが、おれは
この地上で
ただ一人、
あすの真理を触れ歩く者だ。

今日、おれは歓喜する！
魂を
一滴もこぼさずに、
みんごと
運び終えたのだから。
咆哮や、
金切声のなかで、
唯一の人間らしい
声を

今こそ上げるのだ。

あとはもう、
銃殺するならしろ、
柱に縛りつけろ！
おれは顔色ひとつ変えないよ！
なんなら、
エースの札を
おでこに貼ろうか。
的がはっきり見えるようにさ⁈

献辞

リーリャに

十月八日。
一九一五年。
おれを軍隊に引きずり込む
儀式が行われた、
年
月日だ。

「聞いて下さい！
だれだって、
たとえ役立たずの人間だって、
生きなきゃなりません。
人間を

塹壕やシェルターの墓場に
生き埋めにしてはいけません。
それじゃあまるで
殺しと同じでしょう！」

聞きゃあしない。
体重百キロの下士官が万力のようにおれを抑えつけ、
両耳の間の髪をきれいさっぱり剃り落とした。
標的として
おでこに
一兵卒のしるし、十字を
貼りつけやがった。

かくなる上は、おれも西部戦線行きか！
てくてくと歩きに歩くこととなる。
「戦死者名」の、

見出しの下に
八ポ活字の名前を見つけて、
きみが目を泣き腫らすときまで。

第一部

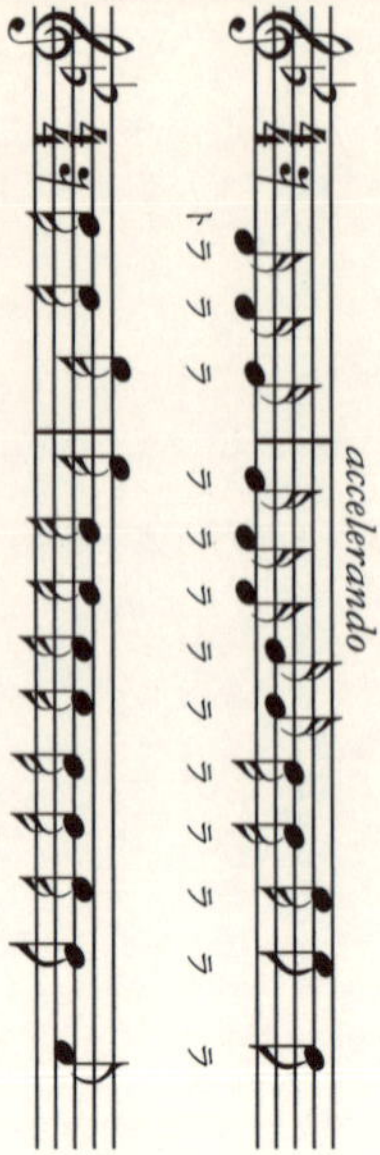

そうら、
楽団の焚火に揺れる

ステージに、
ころがり出ました腹ひとつ。
そして始まった！
何千倍ものルーペで覗いたように大きくなって、
しきりにくねった。
汗がラッカーみたいに光った。
突然、
見え隠れするへその動きが止まり、
身体ぜんたい、独楽《こま》のように回転する。

何なんだ、これは。
何人かの禿頭がひっついて一個の月になった。
何人かの目が細められてぎらっと光った。
砂浜さえが
しょっぱい涎を垂らし、
家々のように立ち並ぶ総入歯を見せてにやっとした。

回転が終った。
口という口が
電流のような
「ブラボー」の叫びにひきつる。
ブラボー！
ブラアボー！
ブラアアボー！
ブラアアアボー！
ブラアアアアボー！
だれだ、
何者だ、
この肉の塊みたいなやつら、
牛面《うしづら》の群衆は？
怒りの叫びは

おだやかな詩集の詩とごっちゃにはならない。
これはコロンブスの孫たちが、
ガリレイの末裔が、
紙テープの網にひっかかって嘶《いなな》いてる図だ！

むこうでは
とりすまして夜会にお出かけの
女たちが
帽子の百枚の羽毛をゆすぶる。
歩道の鍵盤をぶっ叩く男たちは、

淫らな通りの狂暴化したピアノ弾きの群だ。

右へ、
左へ、
四方八方へ、
ばらばらに、
野原のふところを飾り立て、
地軸に繋がれて回転する
大バビロン、
中バビロン、
小バビロンの
回転木馬。

上空にそびえ立つのは、
呆れるほどの長さの
酒壜。

その足元には、
酔いどれの落とし穴にも似た
ワイングラス。
人間どもは、酔っぱらったノアみたいに
寝ころがったり、
下司面《げすづら》でわめいたり。

たらふく食い終れば、
そのあとは
夜盲症の患者みたいに
肉と肉を羽布団のなかに投げこみ、
身体を寄せあっては汗をかき、
ベッドの軋む音で街を揺るがす。

地球は腐敗する。
たくさんのランプの炎が

地表を爆破し火ぶくれの山をつくる。
町々の断末魔に戦《おのの》きながら、
ひとはくたばる。
穴のなかの石のかたわらで。

未曾有の人口減少の原因究明のため、
医者たちは
死人のひとりを
棺桶から引き出した。
食い破られた魂のなかでは、
金色の足をした黴菌のように
ルーブリ貨幣が身体をくねらせていた。

死神をできるだけ早く
怒らせようと、
首都の心臓を集めた千馬力のディーゼルエンジンが

人びとを屋根の高さにまで波立たせ、
汚染された血液を貨物列車で
津々浦々に運ぶ。

おとなしい人たちよ！
きみたちの暮らしは永くはつづかなかった。
たちまち
レールの鉄が血管を用いて点滴する、
都会の病原菌を日焼けした農村に。
小鳥の囀《さえず》りの代りに、皿のぶつかりあう音、
森の代りには、ソドムの家々の立ち並ぶ広場。
六階立ての山野の神、ファウヌスさながら、
売春宿がつぎつぎと踊り出る。
太陽が赤毛の頭をもたげる。
腫れた口には二日酔いがこびりついたまま。

だが、自分の裸が恥ずかしいのか、
すぐさま、
夜の塒《ねぐら》へ走って帰る。

夜は黒人の
休息しようと、
売春婦、
物陰に
身体を横たえる暇もあらばこそ、
女の上に
飢えた新しい一日が
灼熱の胴体をのっけてくる。

屋根の下に押し込められていた者らよ！
一握りの星たちよ、
叫べ！

驚いて飛び退け、宵《よい》という名の修道士よ！
行こう！
コカインの歯に腐食された
鼻の穴をおっぴろげて、
牝どもに見せつけよう！

第二部

ある年の秋のこと、
何もかも、
燃え上がりそうに
乾いていた。
太陽は発狂したペンキ屋、
埃まみれの人間を襲って、

オレンジ色に塗ったくった。

どこからともなく、
この地上に
噂が押し寄せた。
ひっそりとした噂だ。
爪先立って歩いている。

噂の囁きは胸に不安を植えつけた。
そして恐怖は
頭蓋のなかで
赤い手をのばして、
次から次へと難問を解いた。
そして耐えがたいほど明らかになったのは、
もしも人々を集めて中隊に束ね、
おもむろに人々の静脈を切開しなければ、

汚染された地球は
ひとりでに死ぬだろうということ。
パリも、
ベルリンも、
ウィーンも、くたばるだろう！

どうした、そんなにぐったりして?!
めそめそしても、もう手遅れだよ！
もっと前なら、後悔先に立ったか！
医者たちの千の手に、
メスとして分け与えられたのは、
兵器庫から持ち出した兵器だ。

イタリアよ！
きみの逃げ場がどこにもないことは、
王様も、

床屋も、
よくわかってる！
今日、早くも
ドイツ機が
ヴェネツィアの上空を飛んだ！

ドイツよ！
思想を、
博物館を、
書物を、
あんぐり開けた大砲の口に放りこめ。
夕焼けのように赤い口よ、遠慮なく歯をむきだせ！
学生たちよ、
カントに乗って突っ走れ！
ナイフをくわえろ！
サーベルを抜け！

ロシアよ！
アジアの強盗の情熱はもう冷えたか?!
血の中で欲望がどっさり沸いている。
福音書の蔭に隠れたトルストイの輩《やから》を引きずり出せ！
やせ細った足をつかまえろ！
髭面を石畳の上で引きずれ！

フランスよ！
並木道から恋の囁きを追い出せ！
流行のダンスから若者を選び出せ！
きこえるかい、優しいフランス？
すばらしいじゃないか、速射砲の伴奏入りの
放火と凌辱！

イギリスよ！

トルコよ！
どかーん！
なんだ、あれは？
きこえただろう？
こわがるな！
くだらねえ！
大地よ！
見ろ、
その髪の生え際、どうしたんだ？
塹壕の皺がおでこに刻まれてる！
シーッ……
すげえ音だ。
太鼓か、音楽か？
ほんとか？
あれがそれなのか、
まちがいなく？

そうだ！
始まった。

第三部

ネロよ！
こんにちは！
見たいか？
最大規模の劇場の見世物を。
今日
相打つ
国と国、
十六名の選り抜きの剣士。

古代ローマの皇帝たちの虐殺の伝説も、
今始まったばかりの
現実には及ばない！
奇怪至極の誇張のことばも、
これに比べれば
子供の頬の朝焼けほどの愛らしさ。

きみの屍がこれを知ったら、
二十日鼠のように「笑い車」を回り出すだろう。
今日、
世界は
全体がコロッセオ、
七つの海の波がことごとく
ビロードのように敷きつめられた大競技場。
スタンドは断崖で、

むこうの断崖の高い所には、
戦いで歯を折られたような
大伽藍の天井が、
鉄骨を何本か残して、
ことごとく焼き払われ、
今は手摺に囲まれている。

今日、
大地の禿を夕焼けのように照らし、
群衆のざわめきを赤く染めながら、
焼かれた全ヨーロッパが
シャンデリアのように、
大空に吊り上げられる。

やって来て、
大地の谷間に陣取った

客たちは、
恐ろしいいでたちだ。
長い頸のまわりでは
弾丸の首飾りが陰惨な音を奏でる。

スラブ人の金髪。
マジャール人の黒い口髭。
ニグロの漆黒の斑点。
スタンドのすべての緯度の席は、
頭から爪先まで人でいっぱいだ。
そして彼方の
アルプスの山々が
夕日に暖まりながら、
頬の氷を空中で愛撫するあたり、
雲の回廊で、
目敏いパイロットたちは体毛を逆立てた。

そして
闘技場に
戦士たちが
二列に並んで
登場し、
大競技場にこだまする何十億もの軍隊の
万雷のどよめきを何十里四方にも響かせたとき、
地球は両極を抑えて、
期待に息を呑んだ。
白髪の大海原は
岸から跳び出し、
濁った目で競技場を注視する。
燃えさかるタラップを
降りてくるのは太陽、
きびしい、

永遠のレフェリーだ。
好奇心で熱くなって、
星々のまなこは軌道から外れた。

だが、一秒がしきりにためらう。
どうも決断がつかない。
血みどろの戯れが始まろうというとき、
瞬間は性交のように緊張して、
息もつがずに立ち止まった。

突然、一秒が木端微塵。
競技場は煙の穴に消える。
空はまっくら。
秒の歩みはますます早まり、
爆発、
あるいは怒号、

あるいは八つ裂き。
射撃はあぶくのように射撃に重なり、
血の大波のなかで噴火した。

前進！

師団の胸は叫びに震えた。
前進！
口元に泡。
迎え撃つ聖者ゲオルギーが旗印だ。
太鼓。

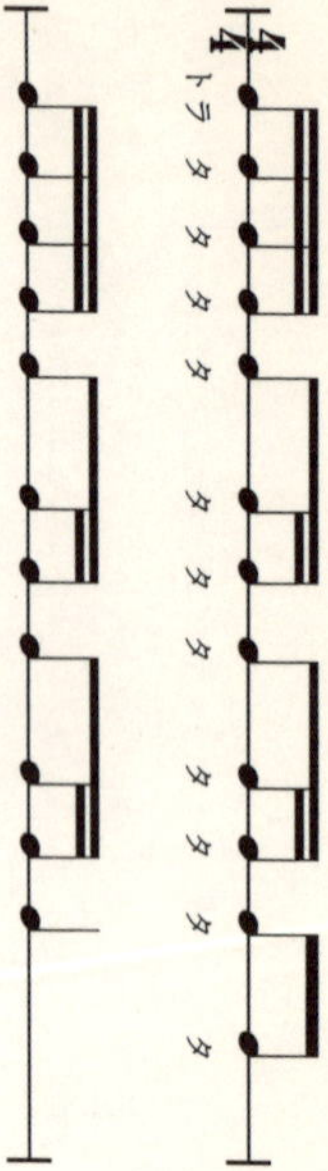

道具方！
霊柩車の用意！
群衆のなかに未亡人を入れろ！
未亡人の数が足りないぞ。
そして空めがけて打ち上げるのは、
いずれ劣らぬ奇怪至極な
事実にもとづく花火の群だ。

驚きに目を見張る
灯台は、

山の蔭から
海を越えて泣きつづけた。
海原では、大艦隊が身体をよじる。
機雷に串刺しにされて。

ダンテの地獄より凄まじく、
大砲の雷声《かみなりごえ》で嘶《いなな》きながら、
パリの運命を気遣い、
マルヌ河のほとり
最後の一発の砲弾で
敵を撃退したジョッフル。

南からは
コンスタンチノープルが
回教寺院の歯をむき出して、
虐殺死体を

ボスポラス海峡に
嘔吐した。
波よ！
お供えの聖パンの残りに齧りついてるあいつらを、
散り散りに押し流してくれ。

森。
人の声は皆無。
その静かさは
わざとらしくさえ感じられる。
敵と味方の見分けもつかない。
ときたま、
烏と夜が
通りすぎるだけだ、
黒衣をまとい、修道僧の列をつくって。

そして再び
胸を銃弾に晒し、
春から春へと泳ぎ、
冬はなんとか切り抜ける
軍隊また軍隊、
隊列また隊列が
何マイルかの土地を埋めつくす。

そいつらがまたも燃え上がる。
樫の森から新入りを引っ張ってきた。
草原の入口には魔の星型が炎で描かれる。
有刺鉄線の稲妻が
黒焦げの死体を食い尽くす。

砲台は夏の炎熱を白熱させ、
町や村の死体の上を踊って回る。

青銅の鼻面を動かして、
すべてを平らげる。

火を噴く怪物！
お前が懲罰をくださぬ場所はない！
ロケットに絡みついて
空へ逃げれば、
空からは
真っ赤な、
縁を赤く染められた、
ペグーの血。

固い地面や、
海原も、
大気さえ徹底的に掘りおこされた。
うろたえるこの足をどこに向けよう。

魂はすでに発狂し、
すでに泣きじゃくり、
突発的なことばで祈っている。

「戦争よ！
もうやめてくれ！
あんたがやめさせてくれ！
もう大地は丸裸なんだ」
殺されたやつらは助走の勢いでよろめきつつ、
あと一分は
首なしで
走る。

こういう風景を眺めて、
悪魔は
夕焼けのような欠伸《あくび》を煙草代りにくゆらす。

これは、鉄道線路の星座のなかで、
火薬工場に照らされて
くっきりと見える
ベルリンの空だ。

だれも知らない、
何日経ったのか、
何年経ったのか、
戦場で
大地の盃に一滴ずつ染みこませて、
最初の血が戦争に捧げられたときから。

見分けがつかない、
石だか、
沼だか、
あばら家だか、

何もかも人間の血でぐしょ濡れだから。
至る所で
足が
湯気の立つ世界のぬかるみをこねまわす、
その音は聞き分けられない。

ロストフでは、
ひとりの労働者が
祭日に、
サモワールで湯を沸かすべく、
水を汲もうとして、
思わず飛び退いた。
どの水道管からも流れ出るのは、
同じ赤茶けてどろっとした液体だったので。
電信局ではモールス式電信機がへたばる寸前。

各都市に若い兵士の消息を大声で伝えたから。
どこか、
モスクワのワガニコヴォ墓地だったか、
墓掘り人夫がそわそわし始め、
陰気なミュンヘンでは葬列の松明持ちが動きを見せた。

連隊の深くえぐられた傷口に
探照灯が灼熱の腕をつっこんだ。
一人を持ち上げて、
塹壕に放り込んだ
ナイフにやられた
その男を！
顔は聖書研究家、
濠のなかに
袈裟が見える。
「思い出して下さい！

われらのために！
ポンテウス・ピラトのもとで！」
だが爆風は
肉も衣も
引き裂いた。

煙のなかから百の頭が現れた。
そいつらの泣きはらした目にさわるな！
目が見えないのは、
毒ガスのせいだ。

魂に白い翼が生え、
射撃音のなかから兵士たちの呻きが伝わってくる。
「お前、天国へ行ったら
絞め殺すんだ、
絞め殺すんだ、あの
負け知らずのやつを」

どきどきしてくる……
えらいことになりましたよ！
神さまんとこに乗りこむのか！
雲の防壁をめぐらした天国の
扉をぼくは銃床でぶっこわす。

天使たちは震えてる。
ちょっと気の毒みたいだ。

顔の楕円は羽より白い。
どこに行った、
神と名のつく連中は！
「お逃げになりました、
みなさん、お逃げになりました、
サバオフも、
仏陀も、
アラーも、
エホバも」

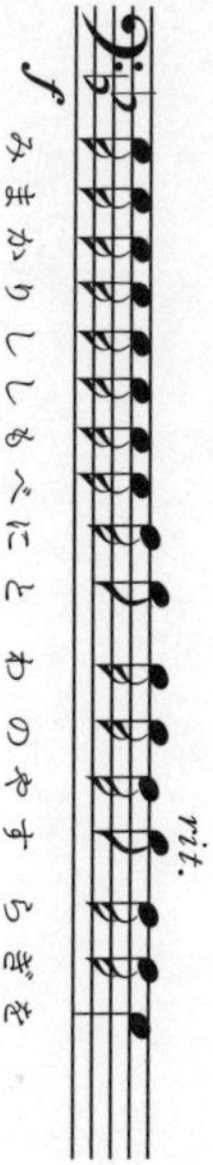

「うう」という叫び。
「ああ」という叫び。
「おお」という叫び。

しかしもはやあの一斉射撃ではなくて、
少しの間、溜息をついていたが、
静かになった。
と、白旗を掲げて這い出てきた。
そして哀願した。
「もういけません！」

だれも頼みはしなかったんだ、
祖国が勝利に彩《いろど》られるのを、
この目で見たいなどとは。
血まみれの晩餐の腕なしの食い残しに、
勝利が果して何になる?!

最後の一人が銃剣に突き刺され、
わが軍はコヴノへ撤退する。
こまぎれにされた人肉は

二メートルの山をなす。

倒れた者らの
動きがすべて止まり、
大隊が大隊に
折り重なったとき、
足早に登場した死神は、
死体の上で踊り出す。
鼻なしのタリオーニが踊る骸骨のバレエ。

踊っている。
鼻の穴からそよ風が吹く。
その風が毛皮の帽子を軽くゆすぶり、
死人の二筋の髪を愛撫する。
悪臭が更に遠くへと
漂う。

列車が
頭を撃ちぬかれて五日目、
のたうちまわる。
腐敗の始まった車両のなかには、
人は四十人、
足は四本。

第四部

おおい！
きみたち！
熱狂的に光る目を消してくれ！
かわいいボートみたいなお手々はポケットにしまって！

それが
紙とインクから絞り出したものにふさわしい
褒美なんだ。

だって、なぜおれが拍手される？
立派な作品を書いたわけでもあるまいし。

嘘をつけ！
そう思ってるね。
弾が貫通した跡なんか、どこにもない。
傷一つないこめかみが脈打つのを隠すのは無理だろう。
おれの太鼓のトレモロに、
おれの韻を踏んだ呪いの装飾音《ルラード》に、
拍手が送られたとしたら。

読者のみなさま！

おわかりかな？
ひとつの痛みを手にとって、
今日もあすも育てつづけるのさ。
あらゆる槍でくまなく突き刺された胸、
あらゆる毒ガスでひん曲げられた顔、
あらゆる大砲で打ち砕かれた頭の砦、
これらこそがおれの四行詩だ。

折り重なった死体の上で
死神を踊らせたのは、
悲しみに打ちひしがれて
醜悪な涙を
流すためではない。
自分のしたことの
恐ろしい重みに耐えかね、
「おみごと」と褒めるのも忘れて、

おれはうなだれる。
殺された人たちについて、
殺したのがおれだろうと、
だれだろうと、
おれには同じこと。
共同墓地の
心の墓穴では、
横たわった何百万もの人間の
腐敗が進み、
蛆虫に持ち上げられて死体が微かに動く！
だめだ！
詩では無理だ！
喋るよりは
舌を紐みたいに結んでしまうほうが

まだましだ。
これは
詩では語れない。
甘やかされた詩人の舌で
燃える七輪を舐められるものか。

これだ！
おれがこの手で摑んでいるもの！
ようく見て！
きみらのための竪琴《リラ》じゃない。
後悔に身を裂き、
おれは心臓をもぎとった。
そして大動脈を引きちぎる！
拍手の雑炊にてのひらを入れるな！
いけない！

入れちゃいけない！
快適な部屋なんか、ぶちこわせ！
見ろ、
足の下に石がある。
おれの立っている場所は刑場だ。
これを最後と大口をあけて
空気を吸い込む……

首を刎ねられて果てようと、
おれは血を呑むようにきれいさっぱり
食ってやる、人間に貼られたレッテルを、
「人殺し」というレッテルを。
よく聞け！
おれのなかから、
めくらのヴィーそっくりに、
時間がわめいているのを。

「一服しよう、
一服してくれ、
頼んだぜ、当分」

世界はまた花咲くだろう、
喜ばしく、
新鮮に。
この世界が無意味な嘘の出どころとされぬように、
おれは懺悔しよう。
いのちの砕かれる音がますます高まるなかで、
わるいのは
おれ一人なのだと！

よろしいか、
太陽は最初の光を放ったが、
仕事を終えたあと、

どこへ身を隠すのか、
まだ知らない。
それはおれだ、
マヤコフスキーだ、
偶像の足元に
首を切り落とした幼子を
捧げたのは。

ゆるしてくれ！

キリスト教徒に鋭い牙を
突き刺して、
ライオンが咆哮した。
ネロの仕業だ、そう思ってるね？
それはおれなんだ、
ヴラジーミル

マヤコフスキーが
酔った片目でサーカスをけしかけたんだ。
おれをゆるしてくれ！

キリストは復活した。
きみらは
一つの愛で
口と口を撚《よ》りあわせた。
マヤコフスキーは
セヴィリャの地下牢の
拷問台で、異端者の
関節をねじ曲げていた。

ゆるしてくれ、
おれをゆるしてくれ！

月日よ！
年のあばら家から這って出ろ！
きみらのうしろには
どんな月日がついて来る？
火災の羽を生やした戦場を、
おれは煙の尻尾で永久に引きずるだろう！

来た、その日が。

今日、
ドイツ人じゃない、
ロシア人じゃない、
トルコ人じゃない、
おれ、
おれ自身が、

生皮を剝ぎながら、
世界という名の肉をむさぼり食らう。
銃剣で屠殺された生肉がすなわち大陸だ。
町はすべて粘土の塊だ。

血よ!
お前の流れる河から、
一滴でもいい、
おれの罪とかかわりのない血を注いでみてくれ!

そんなものは一滴だってありゃしない!

この男、
目を抉《えぐ》り取られた捕虜は、
おれが唾をつけておいたやつだ。
お辞儀の拍子に膝を痛めたおれは、
がつがつとドイツの土地を齧《かじ》った。

おれは真っ赤な火の束を投げる。
暗い穴のなかで狼のように毛を逆立てる。
みなさん!
聴衆のみなさん!
お願いだ、
頼むから
おれをゆるしてくれ!

いや、
ふさぎの虫に歪められた顔は決して上げまい!
だれよりも罪深いおれだから、
たたき殺されぬうちは、
後悔の額を地面に打ち付けつづけよう!

立て!

偽りに投げ倒され、
かずかずの戦《いくさ》に身ぐるみ剝がれた
歳月の不具者よ！
喜べ！
ただ一人の人食いが
おのれの罪に苦しんでいる。

いや、
これは受刑者の出任せの負け惜しみではない！
断頭台で寸断された肉体の取り戻しは不可能でも、
同じことだ、
全身の汚れを振り払った者、
一人だけに
新たな日々の聖餐を受ける資格がある。
首を刎ねられて他界しよう。

もうだれかが
だれかを苦しめることはないのだ。
人間が生まれ出るだろう。
神よりも慈悲深く、神よりもすぐれた、
ほんとうの人間が。

第五部

おそらく、
もう
時間という名のカメレオンには
色が一切残っていないのだ。
もう一度身震いして、
時間は息絶え、

角張った体を横たえる。
おそらく、
大地は砲煙と戦闘に酔いしれて、
二度と再び頭をもたげないのだろう。

おそらく……

いや、
そんなことはありえない！
いつの日か思想の淵はガラスのように透き通り、
いつの日か体の内部を流れる赤いものが見えるだろう。
逆立つ髪を両の手で摑み、
赤いものは呻くだろう。
「主よ、
私はなんてことをしてしまったのか！」
いいや、

そんなことはありえない！
胸よ、
絶望の雪崩《なだれ》を倒せ。
未来の幸せを手探りで発見しろ。
例えば、
お望みなら、
右の目のなかから
引っ張り出そうか、
花咲く森の全体を?!
珍妙な思想の鳥どもを集めてくれ。
頭よ、
歓喜して誇らしげにそっくりかえれ。
おれの脳味噌、
陽気で賢い建設者よ、
たくさんの町を建設しろ！

いまだに憎しみに燃えて、
歯をくいしばっている者ら
すべてのもとへ、
暁のように目を光り輝かせて、
おれは行く。
大地よ、
立ち上がれ、
朝焼け色の法衣に着飾った
何千人ものラザロのように！

そして喜び、
そう、これが喜びでなくて何だろう！
煙をすかして、
晴れやかな顔が
たくさん見える。
ほら、

生気を失った目をなかば開いて、
まっさきに
ガリチヤが身を起こした。
裂けた横っ腹に草を巻きつけて。

大砲の重荷を捨てて、
猫背をまっすぐに伸ばし、
血染めの白髪を大空に浸しているのは、
アルプス、
バルカン、
カフカス、
カルパチヤの山脈たち。

山々の上の
更なる高みには、
二人の巨人。

全身金色のほうが立ち上がって、
哀願する。
「そばに来いよ！　でも、ここの河底は爆弾で穴だらけ、
ぼくもそっちに行くからさ」
そう言ったのはライン河、
腫れたくちびるで、
水雷艇が傷だらけにしたドナウ河の頭にキスする。

万里の長城の彼方にまで逃げた植民地、
砂漠に取り巻かれ滅ぼされたペルシャ、
それらを含めて、泣きわめいていた町々は
今や死神を投げ捨てながら、
光り輝く。

囁き。
全地球が

黒い唇を開いたのだ。
囁きが大きくなる。
暴風の唸り声のように
怒りが煮えたぎる。
「誓え、大鎌で人の命を刈ることは、
もう二度といたしませんと！」
これは葬られた骨たちが塚のなかから
肉を身に付けて立ち上がったところだ。

切り取られた足が
主人を
探すとか、
もぎ取られた頭が名前を叫ぶとか、
そんなことが、かつてあっただろうか。
ほれ、今しも
頭蓋骨の切株に

頭皮が飛び乗り、
駆け寄った二本の足は
頭蓋骨の下にくっついて蘇った。

大海原の海底から、
帆船に乗って、
生き返った大勢の溺死者が海面に浮かび上がった。
太陽よ！
きみのてのひらでこの人たちを暖め、
光の舌でこの人たちの目を舐めるんだ！
時よ！
年老いたお前の顔を見ておれたちは笑う。
そして無病息災で家庭に帰るんだ！
すると、
ロシア人、
ブルガリア人、

ドイツ人、
ユダヤ人、
すべての人の上、
天空の蓋との間で、
夕焼けの赤から始まって
つぎつぎと
千種類もの虹の
七千の色彩が輝き始めた。
方々の民族の生き残りや、
散り散りになった徒党の間に、
茫然たる
「ああ……！」という声が
こだまとなって響き交す。
これがその日の始まりだった。
アンデルセンの童話は、小犬のように
日の足元にじゃれついてきた。

今ではもう信じられない、
たそがれの街を、わけもわからず、手さぐりで
歩けたことなど。
今日、
ちっちゃな女の子の
小指の爪に当たる日の光は、
昔の地球全体に当たる日の光よりも
遙かに輝かしい。

大きな目で地球を見はるかす
男が一人。
男は成長し、
頭は山の高さに達した。
男の子は
新しい衣装を、

自分の自由という衣装を身にまとい
勿体ぶって、
プライドの高さは少々滑稽なくらい。

司祭たちが、
罪ほろぼしの悲劇を忘れまいとて、
聖餐をどこにでも携えて来るように、
ひとつびとつの国が人間の所へ
それぞれの贈物を捧げにやって来た。

「さあ、どうぞ」

「持って来ました、計り知れぬアメリカの力、
機械の底力を！」

「ナポリの温かい夜を贈ります、

イタリアです。
暑いときは
棕櫚の扇であおいでください」

「北の寒さに凍えたあなたに、
アフリカの太陽を！」

「アフリカの太陽に焼かれた
あなたに、
チベットが山から
雪を届けに降りて来ました！」

「世界一の美女、
フランスが、
くちびるの赤をお届けします」

「ギリシアは、青年を。
裸体の美しさではだれにもひけはとらない」

「だれの声の力がいちばん効果的に
歌の豊かな響きに溶け込んでいただろう！
ロシアは胸の思いを
熱烈な讃歌に籠めました！」

「みなさん、
ドイツがお届けするのは、
さまざまな時代に磨きをかけられた
思想です」

「地下まで黄金に満たされた
インド全体が、
贈物をお届けに来ました！」

「栄《は》えあれ、人間、
永久《とわ》に生きて栄えあれ！
地上に生きる
すべてのものに
栄光あれ、
栄光あれ、
栄光あれ！」

これじゃだれだって感涙に噎《むせ》んじまう！
だが、この場には、おれもいるんだ。
でっかくて、
不格好なおれだから、
用心しいしい通り抜ける。
おお、なんとすばらしいこのおれ、
数限りないおれの魂どものなかで

一番よく光る魂に包まれている！

祝ってくれる人たち、
お祭り気分の人たちの間を縫って行くと、
——ちきしょう、
おれにぶつかるな！
だしぬけに、
真っ正面に彼女がいる。

「こんにちは、おれの恋人！」

髪の毛の一本一本を磨く、
ウエーブのかかった
金髪。
おお、どんな南の国から吹いてきた
どんな風が、

秘めた心臓でこんな奇蹟を行ったのか。
花盛りのきみの目は
二つの草原だ！
おれは陽気な子供、
その草原でとんぼを切っている。

そしてあたりは！
笑い。
旗。
色とりどりの。
通過。
竿立ち。
何千人。
徹頭徹尾。
駆け足。
どの若者にもマリネッティの火薬。

どの老人にもユゴーの知恵。
百顔の微笑には唇が足りない。
みんな
部屋から
広場へ
出ろ！
銀色のボールを投げるように、
首都から首都へ広げよう、
喜びを、
笑いを
響きを！

わかるまい、
これは空気か、
花か、

鳥か！
歌うし、
香りを放つし、
同時にいろんな色になれる。
だがそのせいで、
顔は松明のように燃えさかり、
理性はこの上なく甘いワインに酔う。
それに、喜びを
顔に花咲かせるのは
人間だけじゃない、
けものらはお洒落におのれの毛を縮らせ、
きのう荒れ狂った海は
猫のように喉を鳴らして
人の足元に甘えかかる。

信じられまい、

あの連中が
死神を嘔吐しながら航海したとは。
火薬のことなど永遠に忘れて、
戦艦の乗組員たちは
さまざまな一口話を船倉に積み込み、
静かな港へと運んで行く。

大砲の悪党どもを一体だれが今こわがるのだろう。
あの
おとなしい連中が
砲弾を破裂させるのですと？
連中は家の前の
空地で
のどかに草むしりをしてござる。

まあ、ごらんよ、

冗談ではないし、
皮肉な笑いでもない。
真っ昼間だというのに、
音も立てずに、
二人ずつ組になって、
喧嘩っ早い王様たちが
乳母に見守られ、お散歩の最中。

大地よ、
こんな愛がどこから来たのだろう？
なんと——
見ろよ
あそこの
木陰で
カインが
キリストと碁を打っている。

見えないって？
そんなに目を細くしても見えないか？
まるで二つの割れ目じゃないか。
もっと大きくあけてみな！
ほうら、
おれのでっかいまなこは
だれでも入れる大伽藍の扉だ。
みんなあ！
愛されてるやつも
愛されてないやつも
知り合いも
知り合いでないのも
長い行列をつくってこの扉に流れこむんだ。
すると
おれが声を大にして叫んでる

そいつ
自由な人間が現れる。
ほんとだよ
おれを信じてくれ！

訳者のメモ

訳者のメモ

（マヤコフスキーにとって惨憺たる一年、一九一六年について、前回につづく）。

妹のエルザが連れてきた青年詩人の『ズボンをはいた雲』の朗読を聞いて、姉のリーリャも、その連れ合いのオシップも、びっくり仰天する。これは只者ではない。一九一五年夏のこの出会いが、マヤコフスキーの運命を決定したとするなら、それはブリーク夫妻にとっての爾後の人生航路の決定でもあった。

「だれも出版しないのなら、私が出版しよう」と、オシップが言ったとき、詩や美術の単なる愛好家から、文芸や美術全般を論じる鹿爪らしい評論家が生まれるだろうことは確実だった。一方、詩人よりも二歳年上のブリーク夫人、赤毛のリーリャの「丸くて、栗色で／焦げくさいほど熱い目」(『とてもいい!』十四章)は、「美男子で二十二歳」のマヤコフスキーを完全に捕らえた。リーリャは貧乏詩人の食べるもの、着るものから、生活万般に至るまで面倒をみる。リーリャ以前の女たちが見慣れていたマヤコフスキーは、歯の悪いのが唯一の欠点で、虫歯はことごとく抜け落ち、頬はこけて、友人たちには爺さんという綽名を奉られていたのだが、それが今やどうだろう、きれいな総入れ歯が納まっていて、服装も未来派風の黄色いルバーシカはどこへやら、フォーマルな背広にネクタイなんぞを締めている。それもこれも、リーリャの差し金、あるいは、リーリャへの諂《へつら》いなのだと思うと、過去の女たちは妙に妬ましく、「違う、あんたは私の知っていたワロージャじゃない!」と叫び出す者も現れる始末。

そして二十二歳の美男子は、さわやかな若さだけではなく、二つ年上の愛人に、どぎつい好奇心を浴びせかけるようになる。例えば、リーリャとオシップの結婚は三年前のことだが、その「初夜」はどんな具合だったのか。リーリャの母親は娘にどのように対したのか。いいじゃないか、話せよ、俺ときみとの仲じゃないか。

もちろん、リーリャはそんなことは話したがらない。だが、「初夜」の情景をちらと語ったのが、次のような詩句となって残っているのだという（ほかならぬリーリャ自身の証言による）。

「やわらかいベッドに
あのひとがいる。
果物が、
酒が、ナイトテーブルの上に」

（『すべてのものに』）

しかし、母親がシャンパンや果物を娘の初夜のナイトテーブルに出しておいてくれたのは、それだけのことで、実は遙かに残酷なことが、リーリャとオシップの初夜ではなく、一九一六年現在、マヤコフスキーとリーリャの情事に関して行われている。詩人はリーリャと肉体関係が生じて以後、ほぼ切れ目なく、ブリーク夫妻の家に同居（居候）していた。

　ここで突然、訳者の家に起こった小さな事件についてお聞きいただきたい。二十世紀が二十一世紀に変ろうとしていた頃のこと、うちの一人娘の結婚話が持ち上がり、新婚夫婦の新居ではペット飼育が禁じられていたので、暫く前から娘が飼っていた真っ白な雑種の若い猫を、訳者の所で預かって欲しいという。それは美しい猫だった。美しいだけではなく、極端にプライドの高い猫で、訳者の所に来てから二、三日はめしを食わず、娘が立ち去った玄関のドアの前で、自分の本当の主人の帰りを待っている。このハンガー・ストライキと忠犬ハチ公まがいの態度には、こちらはほとほと困り果てたが、更に困ったのは夜の就寝時で、この猫は常日頃、娘のベッドにもぐりこみ、娘のおなかに寄りかかって寝るのを習わしとしていたようで、そうとは知らぬこちらは居間から寝室にひきあげ、寒い季節でもないのだから、お前さんは居間のソファででも寝ておくれと、間のドアを締め切ったから、さあ大変。猫はほとんど一晩中、ドアに爪を立てて、がりがりと引っかき、恐ろしい脅迫的な声で啼きつづけた。あけろ！　あけろ！　俺は昔から人間の寝床にもぐりこんで寝るんだ。寝床を体温で温めてくれているのが、ご主人様であろうとなかろうと、そんなことは関係ない。これが俺たち猫族の習性なんだから。馬鹿な犬どもとはぜんぜん違う。知らなかったか。犬小屋があっても、猫小屋はないだろう。あけろ！　あけろ！

この誇り高い、若い白猫がマヤコフスキー、訳者夫妻がオシップとリーリャだとすると、一九一六年に、ペトログラードのジュコフスキー通りのブリーク家で現実に起こったことが容易に再現される。そして人間と人間の付き合い方は、人間と猫のそれよりも遙かに残酷だ。訳者たちは猫の恐ろしい啼き声や、ドアに爪を立てる音に、怯えていただけだが、ブリーク夫妻は、マヤコフスキーが号泣し、ドアを乱暴に叩きつづけるのを聞きながら、睦び合ったというのだから。

「一九一六年五月二十六日、ペトログラード」と書き添えられた『リーリチカ！　手紙に代えて』という作品、あるいは、もともとのタイトルを『呪い』といい、その後『すべてのものに』という題で発表された詩、更には『背骨のフルート』をも加えて、これ以後、出現するマヤコフスキー独特の「呪いの詩」のグループは、右の白猫マヤコフスキーの「あけろ！　あけろ！」事件に関連しているだけではなく、同じ年の詩人の「ロシア式ルーレット」にも関連している。作品『リーリチカ！』に書き添えられた五月二十六日はルーレット実行の日付であるらしい。(とすれば、この『リーリチカ!』は遺書のようなものかもしれない)。幸い、弾丸は不発に終ったのだった。その一カ月後、母と姉二人に宛てた手紙の一節。「……今のところは健康で、若々しく、美男子で、陽気なぼくです。大いに仕事しています。現在、仕事はやりにくいのですが……」。けれども、その頃、姉に奪われた恋人を未練がましく訪ねて行ったエルザ・トリオレの回想によれば、この自殺未遂のあとのマヤコフスキーは窶《やつ》れ果てて、家族宛ての手紙のなかの自己描写の正反対——健康でもなければ若々しくもなく、美男子でもなければ陽気でもなかったという。

ブリーク夫妻が例の「チェカー」に就職するのは一九二〇年頃のことで、一六年当時のオシップは軍に徴用されて、マヤコフスキーと同じ軍用自動車学校に勤務していた。リーリャは一五年夏に詩人と関係してから、まる三年間、その関係を隠し通し、すべてをオシップに打ち明けたのは一八年夏、ペトログラード近郊の別荘地の貸別荘に部屋を三つ借りて、三人で滞在していたときのことだった。（オシップは妻の浮気に、もちろん気づいていただろう。あの「あけろ！　あけろ！」事件の騒ぎで気づかなかった筈はない）。マヤコフスキーの留守中に、リーリャは語り始め、オシップは終始まじめな表情で妻の告白に耳を傾けたという。リーリャは語り終え、結論のようにこう言った。こんな話を聞いて、あなたはさぞかし不愉快でしょうから、私は今すぐ彼と別れて、どこかで一人で暮らします。すると、オシップはここで初めて口を開き、きみが彼と別れるのはまずいんじゃないか、少なくとも私は彼と別れるわけにはいかないね。マヤコフスキーぬきの私の生活というものは考えられないし、むこうも同じように考えてると思う。この三年間で彼との友情の絆はそれだけ強まってるんだ。きみと彼とのことにしても、お互いにお互いを必要としているという点では、私と彼の場合に似ていると思うよ。どちらかがそれを愛情と呼び、どちらかはそれを単なる友情と呼ぶかもしれないがね。そう、だから、この際、別れる切れるじゃなくて、肝心なことは絶対に別れないことなんだ。そう、私たち三人、何があろうと絶対別れずにやっていこうよ。

……リーリャは自分たちが三人で暮らすことなど思ってもみなかったので、大いに驚き、この新機軸に加担する。そしてマヤコフスキーも。

『戦争と世界』は、この惨憺たる一九一六年に書かれ、翌一七年の十二月に初めて商業出版社〈帆〉から世に出た。部数は三〇〇〇部。ここに描かれた第一次世界大戦の戦場は、すなわちローマ時代のコロッセオの惨状であり、それはまた同時にマヤコフスキーのサド・マゾッホ的な精神内部の風景である。＊第一部にいきなり現れる楽譜は、大戦の頃、流行したアルゼンチン・タンゴの名曲「エル・チョクロ」の冒頭のひとふし。第三部に挿入された楽譜は、昔のヨーロッパの戦場には不可欠の小太鼓のリズム、死者を悼む「レクイエム」のいくつかの断片。そして空から降って来る「ペグーの血」。＊アドルフ・ペグー（一八八九―一九一五）はフランス空軍の草分け的飛行士。宙返りや、スカイダイビングを得意とした。アルザス地方、ベルフォール近郊の空中戦で戦死。こんなふうに、場所的には全地球に拡大され、精神的にはマヤコフスキーという一詩人の内部に凝縮した戦争は、ここですばらしい比喩の連発というか、むしろ古典的な詩句の大盤振舞いとなって世に現れた。

夜は黒人の
売春婦、
休息しようと、
物陰に

身体を横たえる暇もあらばこそ、
女の上に
飢えた新しい一日が
灼熱の胴体をのっけてくる。……
燃えさかるタラップを
下りてくるのは太陽、
きびしい、
永遠のレフェリーだ。……
おそらく、
もう
時間という名のカメレオンには
色が一切残っていないのだ。……
見ろよ
あそこの
木陰で
カインが

キリストと碁を打っている。……

こうして、「戦争」は宇宙的規模まで拡大され、と同時に詩人の内部のミクロの世界にまで圧縮され、その拡大と圧縮の脈動はさまざまな時間を媒介として行われる。夜という名の売春婦のわずかな休憩時間。そしてローマのコロッセオの競技では、太陽がレフェリーをつとめる時間。いろんな時間があったあげくに、当意即妙で身体の色を変えるカメレオンも、遂に色彩が枯渇し、時間という名のカメレオンは横死する。すると突然、「千種類もの虹の、七千の色彩が輝き始め」、「カインがキリストと碁を打っている」理想郷が出現する。戦争の悲惨な結果はすべて償われる。そんなに簡単に償われてたまるかと、わたしたちは言いたくなるけれども、償いのきっかけはすべてマヤコフスキーという一人の詩人の、サド・マゾッホ的な内側の反応なのである。「電信柱が高いのも、郵便ポストが赤いのも、みんなわたしが悪いのよ」という昔の唄があったが、この詩人も、戦争の残虐非道はみんなみんな私のせいなんだ、ゆるして下さいと繰り返す。つまり、戦争を論じる場合、このような個人的要素、それが更に一般化されれば人間的要素は不可欠なのだ。『戦争と世界』を書いたあと、マヤコフスキーはどうしても『人間』を書かなければならなかった。

二〇一四年五月

訳者

著者略歴

Владимир Владимирович Маяковский
ヴラジーミル・マヤコフスキー

ロシア未来派の詩人。1893年、グルジアのバグダジ村に生まれる。1906年、父親が急死し、母親・姉2人とモスクワへ引っ越す。非合法のロシア社会民主労働党（RSDRP）に入党し逮捕3回、のべ11か月間の獄中で詩作を始める。10年釈放、モスクワの美術学校に入学。12年、上級生ダヴィド・ブルリュックらと未来派アンソロジー『社会の趣味を殴る』のマニフェストに参加。13年、戯曲『悲劇ヴラジーミル・マヤコフスキー』を自身の演出・主演で上演。14年、第一次世界大戦が勃発し、義勇兵に志願するも、結局ペトログラード陸軍自動車学校に徴用。戦中に長篇詩『ズボンをはいた雲』『背骨のフルート』『戦争と世界』を完成させる。17年の十月革命を熱狂的に支持し、内戦の戦況を伝えるプラカードを多数制作する。24年、レーニン死去をうけ、長篇哀歌『ヴラジーミル・イリイチ・レーニン』を捧ぐ。25年、世界一周の旅に出るも、パリのホテルで旅費を失い、北米を旅し帰国。スターリン政権に失望を深め、『南京虫』『風呂』で全体主義体制を風刺する。30年4月14日、モスクワ市内の仕事部屋で謎の死を遂げる。翌日プラウダ紙が「これでいわゆる《一巻の終り》／愛のボートは粉々だ、くらしと正面衝突して」との「遺書」を掲載した。

訳者略歴

小笠原 豊樹〈おがさわら・とよき〉ロシア文学研究家、翻訳家。1932年、北海道虻田郡東倶知安村ワッカタサップ番外地（現・京極町）に生まれる。51年、東京外国語大学ロシア語学科在学中にマヤコフスキーの作品と出会い、翌52年『マヤコフスキー詩集』を上梓。56年に岩田宏の筆名で第一詩集『独裁』を発表。66年『岩田宏詩集』で歴程賞受賞。71年に『マヤコフスキーの愛』出版。75年、短篇集『最前線』を発表。露・英・仏の3か国語を操り、『ジャック・プレヴェール詩集』、ナボコフ『四重奏・目』、エレンブルグ『トラストDE』、チェーホフ『かわいい女・犬を連れた奥さん』、ザミャーチン『われら』、マルコム・カウリー『八十路から眺めれば』、スコリャーチン『きみの出番だ、同志モーゼル』など翻訳多数。2013年出版の『マヤコフスキー事件』で読売文学賞受賞。現在、マヤコフスキーの長篇詩・戯曲の新訳を進めている。

マヤコフスキー叢書

戦争と世界

せんそう と せかい

ヴラジーミル・マヤコフスキー 著

小笠原豊樹　訳
町田　康　序文

2014年11月17日　初版第1刷印刷
2014年12月17日　初版第1刷発行

発行者 豊田剛
発行所 合同会社土曜社
150-0033
東京都渋谷区猿楽町11-20-305
www.doyosha.com

用紙　竹　尾
印刷　精興社
製本　加藤製本

War and the World
by
Vladimir Mayakovsky

This edition published in Japan
by DOYOSHA in 2014

11-20-305 Sarugaku Shibuya
Tokyo 150-0033 JAPAN

ISBN978-4-907511-10-4　C0098
落丁・乱丁本は交換いたします